CONTES ET LÉGENDES

Louise Michel

La neige

Le vent d'hiver souffle dans l'ombre,
La neige couvre les chemins ;
Enfants, venez, la nuit est sombre,
Au foyer réchauffez vos mains.
Et pendant que vous êtes sages
Prenez ce livre et ces images,
Ce sont des souvenirs lointains.

Ceux dont on parle ont eu votre âge,
Mais le temps va rapidement :
Comme le flot qui bat la plage,
Les jours ainsi s'en vont montant.
Nous parlerons des moeurs antiques,
Des pays lointains ou rustiques,
Ou de ce qu'on voit en rêvant.

Écoutant le conte et l'histoire,
Vous verrez la joie et les pleurs,
Et le peu que pèse la gloire,
Et ce que valent les grandeurs.
Heureux, si, fixant vos pensées
Sur toutes ces choses passées,
Vous devenez un peu meilleurs !

La vieille Chéchette

Il y a des êtres tellement disgraciés de la nature, tellement étranges à voir ou à entendre, que leur seul aspect est un sujet de tristes études pour les uns, de folles moqueries pour les autres.

Plusieurs de ces êtres-là n'ont pas toujours été ainsi : les uns ont eu quelque accident au moral ou au physique, les autres, à force de se laisser mollement aller à la fatigue ou à la paresse, sont descendus de quelques degrés et, sur cette pente-là, il n'y a plus de raison pour qu'on s'arrête.

D'autres encore (ce qui est affreux pour l'humanité) sont devenus ainsi sous la pression des persécutions. – Ce n'est pas le plus grand nombre qui ont été frappés dès leur naissance.

Chéchette était une pauvre femme qu'on avait toujours vue vieille et toujours vue folle. Deux mauvaises recommandations pour les petits mauvais sujets, qui sont loin de respecter l'un et l'autre.

La maison de Chéchette, c'était le bois ; son magasin, c'était le bois ; le nid de son enfance, l'asile de sa vieillesse, c'était toujours le bois.

D'où venait-elle ? personne n'en savait rien, ni elle non plus. La première fois qu'on l'avait vue, déjà vieille, elle sortait d'un autre bois où sa mère l'avait élevée et venait de mourir.

Chéchette aimait sa mère à sa manière. Elle s'en alla dans un autre village et s'y établit au milieu de la forêt.

C'était une étrange créature, dernier rejeton sans doute de quelque race nomade.

Tant que l'été durait, elle se nourrissait de fruits sauvages ; et, pendant l'hiver, elle avait son magasin, où étaient entassés les baies rouges des sorbiers, les faines huileuses, les glands, toutes les richesses de la forêt.

Parfois les écureuils, les sangliers, les rats visitaient son magasin : car le rocher qui lui servait d'abri était couvert largement... Si, à son retour de quelque promenade lointaine, elle ne trouvait plus rien, Chéchette recommençait ses provisions. Quand l'accident arrivait en hiver, elle allait jusqu'au village et demandait du pain.

Les uns avaient pitié de la pauvre folle et remplissaient largement le haillon qui lui servait de tablier ou lui donnaient d'autres vêtements ; à ceux-là, elle souhaitait, dans sa langue, une infinité de belles choses.

Les autres se moquaient d'elle. Alors Chéchette faisait entendre un grognement fort expressif ; c'était sa manière peut-être de souhaiter le mal.

La nourriture qu'on lui donnait, un peu moins grossière que la sienne, lui semblait une suite de festins tant qu'elle durait. Quelquefois, en ayant pris beaucoup pour commencer, elle s'endormait pendant longtemps, à la manière des serpents et des lézards.

La forme des vêtements lui était indifférente, d'homme ou de femme, peu lui importait ; mais elle aimait beaucoup les garnitures, surtout quand il y avait des choses qui brillent.

Les enfants méchants lui offraient parfois des vêtements ornés de grelots et d'autres choses ridicules ; mais, s'ils avaient le malheur de rire, Chéchette leur jetait leur présent à la figure ; souvent même elle devinait leur mauvaise intention sans qu'ils eussent besoin de rire, car elle avait l'instinct fort développé.

Ceux qui ont vu les statuettes grimaçantes du moyen âge peuvent se faire une idée de Chéchette.

Elle était horriblement boiteuse et tellement borgne que son oeil gauche avait presque disparu.

Sa bouche, largement ouverte, laissait passer toutes les dents à la manière de l'orang-outang – ou du gorille.

Ses mains, énormes, noueuses et velues, ses larges pieds, l'épaisse crinière de cheveux roux qui descendait presque jusqu'à ses sourcils, tout en elle rappelait les plus vilains gnomes, les plus hideux singes.

Cet être-là s'attachait, elle aimait comme un chien ; il est vrai qu'elle eût mordu de même.

Elle ne revenait jamais de ses sympathies ni de ses antipathies.

Quant aux animaux sauvages, ils n'avaient jamais attaqué Chéchette, la prenant sans doute pour un membre de leur famille.

La personne à laquelle elle avait jusque-là témoigné le plus d'affection était une pauvre veuve, mère de trois petits enfants.

Lorsque Madeleine Germain allait ramasser du bois mort, Chéchette se trouvait toujours là pour l'aider à faire ses fagots, ou plutôt pour lui en faire d'énormes, qu'elle portait jusqu'à sa maison avec une aisance incroyable.

Le bois était son domaine ; elle y avait tout à fait un autre air qu'au village. Là Chéchette semblait plutôt un être surnaturel qu'un être grotesque.

Les méchants du village plaisantaient beaucoup Madeleine sur cette amitié ; ils riaient surtout lorsqu'elle laissait l'horrible vieille bercer dans ses longs bras les petits enfants, qui jouaient avec elle comme avec un chien fidèle.

Ceux-ci n'en riaient pas moins joyeusement et Madeleine s'inquiétait fort peu des mauvais plaisants.

Une nuit d'été, que tout le monde dormait profondément, après les fatigues d'une chaude journée employée à travailler dans les champs, on entendit retentir le seul cri qui fait lever tout le monde à la campagne : Au feu ! au feu !

Pourquoi tous les autres périls qui peuvent atteindre leurs semblables laissent-ils insensibles les habitants des campagnes ?

Ce serait horrible de croire que c'est un sentiment d'égoïsme, parce que dans l'incendie chacun craint pour sa propre demeure. Toujours est-il que, souvent, des malheureux ont crié à l'aide pendant longtemps et sont morts sans secours.

Cette nuit-là, comme on criait au feu, tout le monde fut immédiatement debout.

La maison de Madeleine brûlait comme un flambeau ; – l'un de ses enfants avait, en jouant, allumé un petit feu près d'une porte, et, pendant la nuit, la pauvre cabane de bois et de chaume avait flambé.

On eut beau faire la chaîne pour entretenir les pompes, le feu ne se ralentit pas.

Madeleine tenait dans ses bras deux de ses enfants et luttait, en désespérée, contre ceux qui voulaient l'empêcher d'aller chercher le troisième au milieu des flammes.

On le croyait perdu.

Tout à coup on vit quelqu'un entrer résolument au milieu des flammes ; c'était Chéchette. Elle avait vu qu'un des enfants manquait. Les charpentes calcinées croulaient avec fracas, la flamme tournoyait superbe et triomphante, dardant ses mille langues vers le ciel.

Quelques instants s'écoulèrent. Chéchette reparut, elle tenait l'enfant dans ses bras et le déposa évanoui devant sa mère.

Elle était belle ainsi, la pauvre folle, dans cet acte de dévouement qui allait lui coûter la vie.

Ses cheveux, son visage, tout son corps étaient couverts de larges brûlures ; son oeil brillait d'une joie infinie.

Chéchette, épuisée, tomba pour ne plus se relever. Quant à l'enfant, il revint facilement de son évanouissement, car elle l'avait couvert de ses haillons et de son corps pour le garantir.

Aujourd'hui encore, Madeleine et ses enfants vont souvent porter au cimetière, sur l'herbe qui recouvre la pauvre folle, des fleurs des bois qu'elle aimait tant.

Ne vous moquez jamais des fous ni des vieillards.

Robin-des-Bois

Les imaginations, frappées du bruit du cor et des aboiements des meutes, dans le silence des bois, personnifièrent leurs impressions sous le nom de Barbatos, duc de l'abîme.

Il entend, dit la légende, le chant des oiseaux, les hurlements des loups ; il comprend le cerf qui brame et la feuille qui craque en se détachant et va rejoindre ses soeurs dans les valses du vent.

Il connaît les trésors enfouis, les cavernes et les aires.

Devant lui, quatre rois sonnent du cor, et il mène d'un bout du monde à l'autre la chasse des ombres.

C'est de Barbatos que l'on fit les robins-des-bois, les chasseurs noirs, les grands veneurs et toutes les chasses fantastiques qu'on croit entendre la nuit dans les bois.

Le vent souffle-t-il fort ? l'orage est-il dans les bois ? Les petits enfants des villages croient encore, comme leurs grand'mères, que c'est la chasse du grand veneur qui passe avec grand bruit.

Parfois la tempête hurle comme les loups, résonne comme les troupes ; alors on dit, sous les grandes cheminées, où toute la famille se chauffe à la fois : c'est Robin-des-Bois qui chasse.

Cette croyance servit, il y a quelques années, à faire rentrer en lui-même un vieux paysan avare qui, ayant enterré son trésor au pied d'un chêne, s'imaginait qu'on a de la fortune pour mettre dans un vieux bas, renfermé dans un pot, sous la terre, ce qui peut servir à soulager les autres.

Quand je dis rentré en lui-même, cela ne signifie pas qu'il ait beaucoup mieux valu : car l'intérieur d'un avare n'est jamais bon ; mais enfin, il fit, grâce à la peur, une bonne action.

La peur ! c'est un motif honteux ! Qu'attendre de plus d'un avare ?

Le père Mathieu était riche, comment en eut-il été autrement ? On disait que quand il dépensait un sou, il en mettait toujours la moitié de côté.

Comment faisait-il ? Je n'en sais rien. Comment avait-il gagné ses terres et tout l'argent que dans le bois il cachait au pied d'un vieux chêne ? Je n'en sais pas davantage.

Dans tous les cas, son argent, caché là, n'était pas même bon à nourrir les vers ou à faire pousser les truffes.

Chaque fois que le père Mathieu avait quelque pièce d'or à ajouter à son trésor, il attendait une nuit sombre et s'en allait au pied du chêne où, à la lueur d'une lanterne sourde, il comptait son argent en tremblant de peur, et d'affection aussi ; car il aimait ce trésor comme on aime sa famille, son pays, sa mère, tout ce qu'on a de plus cher au monde.

Un soir donc, à genoux au pied du chêne, il venait de compter, en tremblant, son or, le caressant de la main comme on eût fait à un enfant, et pensant que s'il se fût marié, sa femme aurait dépensé pour se nourrir et se vêtir, qu'il eût fallu élever ses enfants, que tout cela coûte horriblement, et qu'en restant seul il avait pu entasser. Il regrettait seulement de ne pouvoir vivre sans manger.

Mais il ne regrettait pas d'être demeuré orphelin fort jeune ; il aimait mieux son trésor qu'une famille.

Une seule chose l'ennuyait, c'est qu'on n'enterrerait pas son or avec lui ; et c'est à cela qu'il pensait, outre la crainte qu'il avait qu'on vînt le surprendre.

Il avait donc grand soin de tourner contre lui la lueur de sa lanterne, et le moindre bruit de vent dans les feuilles le faisait tressaillir.

Tout à coup, une lueur rouge parut au fond d'une allée couverte, et en même temps une grande chasse, une chasse fantastique, telle que celles des légendes, s'élança de son côté ; les chiens ne donnaient pas un coup de voix, ils flairaient la piste ; les chasseurs à cheval ne donnaient pas de fanfare ; c'était la chasse du Grand-Veneur, mais avec le silence de la mort, une vraie chasse de fantômes.

Le père Mathieu croyait à tous les chasseurs fantômes, beaucoup plus fermement qu'à sa conscience qu'il n'avait jamais sentie ; il serra son trésor contre son coeur, sous sa blouse, et se cacha derrière l'arbre, dans un fourré fort épais où il s'était ménagé une entrée en cas de surprise.

Il vit les chasseurs s'arrêter, et à la lueur des torches de résine, épouvanté, distingua le poil du dos des chiens horriblement dressé ; leurs yeux semblaient pleins d'épouvante, et ils flairaient sans cesse de tous côtés. Les chevaux avaient même les crins hérissés.

À ce moment, une trompe lointaine sonna l'hallali : chevaux, chiens, chasseurs, se précipitèrent de ce côté.

Mathieu entendit craquer les branches, et les pieds des chevaux frapper le sol, dans un galop effrayant.

C'était bien réellement, pensait-il, le Grand-Veneur ou Robin-des-Bois.

Le vieil avare avait eu si peur, qu'il se croyait au moment de la mort.

Mourir, pour lui, c'était quitter son trésor. Mais, contre son ordinaire, il avait autant de frayeur pour sa vie que pour son or ; car le danger était imminent.

Lorsque le bois fut redevenu silencieux, il se hasarda à sortir de sa cachette, emportant son or, dont il ne voulait plus se séparer, quelque danger qu'il crût avoir à le conserver auprès de lui.

De retour dans sa maison, une sorte de masure toute en ruine, vraie demeure de hiboux et d'avare, il se coucha glacé d'effroi, tenant toujours dans ses bras le vieux pot qui contenait le bas plein de pièces d'or.

La frayeur l'avait brisé ; n'étant plus soutenu par la nécessité de fuir, il resta sans connaissance dans son lit.

Depuis deux jours, personne ne voyait le père Mathieu ; comme il était déjà vieux, on pensa qu'il pouvait être malade ou mort, et des voisins vinrent frapper à sa porte, qu'il avait barricadée solidement en rentrant.

Ne recevant aucune réponse, les voisins allèrent trouver le maire.

Celui-ci mit son écharpe, beaucoup trop courte pour lui, parce que son prédécesseur était extrêmement maigre et lui extrêmement gros ; mais à l'aide d'un bout de ficelle il parvint à la consolider. On amena le serrurier pour ouvrir la porte, les membres du conseil pour servir de témoins, et on procéda à l'ouverture.

Ce n'était pas le tout de faire jouer une clé dans la serrure ; il y avait, derrière la porte, une barricade de meubles. On pensait que

Mathieu était devenu fou, et, n'entendant rien, qu'il s'était pendu.

Une heure se passa à déranger les vieux bahuts entassés derrière la porte, après quoi on découvrit Mathieu, couché, pâle et froid.

On pensa alors qu'il aurait fallu amener le médecin ; mais pendant qu'on allait le chercher, le maire, ayant soulevé la couverture pour savoir si le coeur de Mathieu battait encore, sa main fit remuer le pot et un grognement sortit de la gorge de l'avare.

On avait, en effet, touché le coeur.

Alors tout fut découvert ; Mathieu revint à la vie.

Il se garda bien de raconter son aventure du bois ; mais on avait vu son trésor. Ne pouvant plus le garder chez lui, il se décida à le placer où il lui rapporterait le plus et sûrement.

Notre homme alla donc trouver le maire. Celui-ci, qui était un brave homme, se mit en tête de faire faire une bonne action à Mathieu. Cela devait étonner tout le pays.

« Père Mathieu, lui dit-il, avant de placer tout ça, vous devriez faire une chose qui vous porterait bonheur. Il y a ici la mère Nicole, qui est veuve avec sept enfants ; un loup enragé a mordu sa vache et les pauvres gens n'ont plus rien. Vous devriez lui acheter une génisse, ça ne coûte pas cher et vous porterait bonheur. »

Puis, comme il était bavard, le brave homme raconta à Mathieu quelle fière chasse on avait faite à ce loup qui avait inquiété toute la contrée ; tous les louvetiers du département y étaient, ils s'étaient séparés en deux bandes et on avait fini par tuer le loup pendant la nuit. Les chevaux et les chiens en avaient une telle frayeur qu'ils en avaient les crins et le poil tout droits. Les chiens n'ont pas donné de voix, ce qui prouvait que l'animal était vraiment enragé.

Le père Mathieu comprit que c'était là sa chasse de Robin-des-Bois, qu'il avait pensé perdre la vie et son argent ; sans savoir ce qu'il faisait, il compta cent francs pour la génisse de Nicole, comme s'il eût payé quelque chose.

Quand il se ravisa, il n'était plus temps. Nicole eut sa vache, et le maire aida le vieil avare à trouver un sûr placement pour son trésor : il avait dans son bas cent mille francs en or et billets de banque.

L'héritage du grand-père Blaise

Le père Blaise était le plus riche fermier de la contrée. Outre les champs qu'il cultivait pour d'autres, à moitié ou autrement, il avait, en propre, un bien considérable.

Sa fille avait été élevée dans la meilleure pension de la ville, et son fils venait de sortir du collège avec une charge de prix à faire envie à ses camarades.

Margot, sa ménagère, était une personne fort avenante ; ne se mettant jamais en colère quand il tombait une averse sur le grain coupé.

Les domestiques se plaisaient à la ferme ; pourtant le père Blaise était triste, si triste qu'on craignait qu'il n'en mourût, d'autant plus que son père et son grand-père étaient, eux aussi, morts de tristesse, sans qu'on pût en savoir la cause.

Souvent les deux enfants, Rose et André, en causaient avec leur mère.

« Toi qui passes pour si savant, disait Margot à son fils, tâche donc de guérir ton père de sa tristesse. »

André faisait bien tout ce qu'il pouvait, mais il n'avançait guère.

Il aurait raconté pendant dix ans tous ses meilleurs tours de collège, que Blaise se fut contenté de l'écouter gravement, car il contait bien, mais sans pour cela sourire aucunement.

En désespoir de cause, Rose alla, sans rien dire, trouver la vieille Jeannette.

C'était une paysanne qui avait près de cent ans.

Par conséquent, ayant bien des fois vu naître et mourir pères, enfants et petits enfants ; connaissant l'histoire de chaque famille elle donnait quelquefois d'excellents conseils, ce qui la faisait passer pour très habile.

Rose alla donc consulter Jeannette pour la tristesse de son père.

« Dame, ma fille, dit la vieille, je savons ben pourquoi ; mais il ne serait pas prudent de te le dire. »

Rose insista tellement, elle promit si bien le secret, et puis au fond la vieille Jeannette désirait tant raconter à la fillette tout ce qu'elle savait et chercher ensemble les moyens de guérir son père, qu'elle consentit.

« Mon grand-père m'a raconté, dit-elle, qu'il fut un temps où dans ce village la disette fut telle que ceux qui avaient un peu de terre donnaient, quand ils avaient des enfants, le champ entier pour un sac de blé, ou même d'orge, ou de sarrasin. »

Rose frissonnait ! Le grand-père de Jeannette, qui avait cent ans, cela devait être bien vieux ! Mais elle ne savait pourquoi ce commencement d'histoire lui faisait peur.

« Alors, continua la vieille, l'arrière-grand-père de votre père, qui s'appelait François Blaise, commença à acheter beaucoup de petits champs à ceux qui ne voulaient pas laisser mourir de faim leurs enfants ou leurs vieux parents. »

Rose fondait en larmes.

« Dame, ma fille, dit la vieille, t'as voulu savoir.

– Oui, ma bonne Jeannette, dit la jeune fille, il faut que je sache, pour que mon père guérisse. »

Et, séchant ses larmes, elle écouta avec fermeté.

Jeannette continua :

« François Blaise, déjà riche, se maria richement, mais il y avait dans le village des familles ruinées. Il prit la chose à coeur et mourut.

« Son fils, à qui il avait, sans doute, recommandé quelque chose en mourant, mais qui n'avait point osé le faire, prit tristesse au même âge ; il mourut.

« Ton père est le cinquième. »

Rose avait trouvé un expédient ; mais il eût fallu dire à son père qu'elle connaissait le secret.

« Que feriez-vous à ma place, Jeannette ? demanda-t-elle.

– Dame, Mamz'elle, c'est délicat ! dit la vieille.

– Mais enfin, disait la pauvre jeune fille, en joignant les mains, comment rendre ces maudits champs sans faire honte à notre père ? »

La vieille laissa échapper étourdiment ces mots :

« Il y a longtemps que j'y songions, nous deux Jean-Claude : car c'est grand dommage de laisser mourir un pauvre brave homme qui sera tant pleuré.

– Mon père, n'a-t-il jamais essayé, dit Rose, de rendre quelque chose ?

– Dame, Mam'zelle, depuis ses arrière-grands-pères, ils ont toujours soutenu, en dessous, les familles ; mais ça ne leur satisfaisait pas encore la conscience, et votre père, c'est de même. »

Toutes deux se prirent à pleurer, tant la confiance et la douleur de Rose avaient ému la bonne femme. Elle arriva alors à une seconde étourderie, elle qui pourtant avait si forte tête, comme on disait dans le pays.

« Je verrons avec Jean-Claude ! »

À peine ces paroles étaient-elles dites, que Rose s'écriait : « Je comprends, Jeannette ; vous et Jean-Claude descendez des familles qui ont fait ces tristes marchés. »

La vieille ne répondit pas.

Rose continua : « Ne me refusez pas ce que je vous vais demander. Vous et Jean-Claude, vous êtes bien vieux, quoique ce soit le plus jeune de vos neveux ; vous allez venir demeurer parmi nous ; mon père souffrira moins, et vous serez bien choyés, bien heureux ! »

En parlant ainsi, elle rougissait la pauvre fille, car au fond, les terres, si étrangement achetées par son aïeul, étaient beaucoup à Jeannette.

Celle-ci eut pitié de l'enfant.

« Eh ben, oui, dit-elle, puisqu'il n'y a pas d'autre moyen ! » Rose ne dormit pas de la nuit. C'était vraiment une heureuse inspiration que celle qui l'avait conduite chez Jeannette.

Le lendemain, Rose conduisit chez son père, la centenaire et son neveu Jean-Claude, le vieux berger.

« Père, dit Rose, voici une société qui va t'égayer. Maintenant, ces bons vieillards demeureront avec nous. »

Blaise rougit et pâlit, et puis son cœur creva, comme on dit dans le village ; et il raconta, en fondant en larmes, comment de père en fils, recevant chacun le fatal récit et tous retenus par une mauvaise honte, ils n'avaient qu'aidé les descendants des malheureux avec lesquels son aïeul avait fait ces fatals marchés, et les terribles souffrances que chacun d'eux avaient endurées.

Jean-Claude pleurait d'attendrissement.

« Qu'à ça ne tienne, père Blaise, dit Jeannette, gna pu que nous deux, Jean-Claude et moi de ces familles-là, et je venons demeurer avec vous pour toujours. À preuve que je baillons en héritage à André et à Rose tout ce que vous croyez qu'est à nous, quoique vous en ayez donné petit à petit la valeur ; mais je sais pourquoi ça ne vous contentait pas. »

Il fut fait, comme le disait Jeannette. Voilà pourquoi Blaise ne mourut pas de tristesse, comme son père et ses grands-pères.

Et voilà pourquoi Jeannette, vêtue de ses plus brillants atours, c'est-à-dire d'une coiffe comme on en portait au temps de sa jeunesse, et d'un beau corsage en pointe tout rouge sur une jupe rayée, assistait au mariage de Rose et d'André avec les enfants de Nicolas Garoui, le Breton, qui, comme eux, avaient bon coeur et avaient été bien éduqués.

Les dix sous de Marthe

Combien de choses on souhaite ! combien de choses on rapporte à propos du jour de l'an.

Voilà une de celles qu'on raconte ; quant à celles qu'on peut souhaiter, en voilà une aussi : *vivez et mourez en paix avec votre conscience.*

La petite Marthe avait reçu un grand nombre de jouets et une quantité prodigieuse de bonbons. Comme elle n'avait que six ans, on n'était pas encore à midi qu'elle était déjà lasse des jouets et rassasiée de bonbons.

Marthe demanda alors à sa grand'tante, qui la gâtait beaucoup, de vouloir bien venir un peu se promener avec elle.

La bonne vieille ne prit guère d'argent, car elle savait qu'elle ne refuserait rien à Marthe, tant qu'elle en aurait, et elle ne voulait pas lui apprendre à prodiguer pour ses caprices.

Le temps était beau, mais il faisait grand froid ; Marthe enfonçait ses bras, tant qu'elle le pouvait, dans un manchon presque aussi gros qu'elle.

Les boulevards étaient couverts de boutiques, et Marthe fit tant d'achats, pour commencer, que bientôt la grand'tante n'eut plus qu'une pièce de dix sous.

La petite fille avait plein les bras et plein son manchon d'objets fort éclatants, coûtant très peu et ne valant pas davantage.

Sachant qu'il n'y avait plus beaucoup à dépenser, elle s'avisa de penser aux petits enfants qui avaient passé leur jour de l'an sans jouets et sans bonbons.

C'était fort vilain d'y avoir songé si tard, mais Marthe n'avait encore que six ans et, au fond, elle n'avait pas mauvais coeur.

Du reste, sa tante la gâtait trop et d'une manière qui n'était pas raisonnable.

Au moment où elle commençait à penser aux autres assez tardivement, deux enfants, plus petits qu'elle, frappèrent ses regards ; ils étaient si pâles et paraissaient si tristes que la bonne tante en fut frappée comme elle.

Le plus âgé, vêtu fort proprement de noir, mais d'une manière trop légère pour la saison, était arrêté pour ajuster au cou de son frère, qui grelottait quoique plus chaudement habillé, sa petite cravate de laine, et il avait, le pauvre enfant, son petit cou tout violet de froid.

« Où allez-vous ainsi, mes petits amis ? leur demanda la tante.

– Nous revenons, madame, répondit l'aîné, de chez une dame amie de maman que nous n'avons pas trouvée chez elle, et nous rentrons à la maison.

– Oui, ajouta le petit avec cette confiance naïve de l'enfance, nous allions chez madame Paul, afin qu'elle nous donne un peu d'ouvrage pour maman et avoir de quoi acheter du pain. »

Et comme l'aîné le regardait de travers pour faire cesser son bavardage, la dernière petite pièce de dix sous était dans la main du petit, et Marthe avec sa tante se sauvaient pour que l'aîné ne la leur rendit pas.

Quand elles furent loin, Marthe se mit à pleurer. « Ô ma tante ! dit-elle, combien je regrette d'avoir acheté tant de joujoux ! nous aurions pu donner bien davantage à ces pauvres enfants ! »

Dix ans après, Marthe, jeune fille de seize ans, reçue institutrice depuis quelques mois, avait fait de la vie un rude apprentissage dont elle était loin de se douter autrefois.

Ses parents n'avaient pas réussi dans leur commerce et, faute d'une petite somme de cinq à six cents francs, on pouvait leur faire une mauvaise affaire.

Marthe venait d'entrer comme sous-maîtresse dans un externat. Elle devait gagner huit cents francs au bout de l'année ; mais n'étant payée que par mois, il lui était impossible d'offrir tout de suite la somme due par son père pour des marchandises non encore vendues.

S'il ne payait pas à l'échéance, son billet serait protesté.

S'il rendait les marchandises, ne pouvant payer, il lui fallait fermer son magasin.

Une idée vint à Marthe, elle la communiqua à la grand'tante, alors âgée de quatre-vingts ans, et qui la chérissait comme par le passé.

Elle l'eût même encore gâtée si Marthe n'eût été raisonnable.

« Ma tante, dit la jeune fille, il me semble que nous pouvons obtenir un arrangement du créancier de mon père ; gagnant huit cents francs par an, je puis lui en donner cinquante tous les mois, le jour où je toucherai mes appointements. Peut-être acceptera-t-il. »

La bonne vieille approuva l'idée, et voulut accompagner sa petite fille.

Lorsqu'elles arrivèrent chez Marcel frères, toutes deux furent fort surprises de voir sur l'enseigne du commerçant une pièce d'argent sculptée en relief avec cette inscription : (*Aux cinquante centimes du jour de l'an*).

Elles se souvinrent des cinquante centimes de Marthe et n'osant se communiquer leur pensée, elles entrèrent dans le magasin.

L'aîné des frères Marcel était assis au bureau, faisant l'office de caissier ; le plus jeune remplissait l'emploi de garçon de magasin ; une femme paraissant plus souffrante qu'âgée, remplaçait tantôt l'un, tantôt l'autre de ses fils.

Marthe, que la grand'tante aimait à entendre parler, parce qu'elle en était idolâtre, exposa le but de leur visite très simplement, mais avec une énergie qui prouvait qu'on pouvait se fier à sa parole.

Marcel, l'aîné, à qui elle s'était adressée, appela sa mère et son frère.

Il avait reconnu, non pas Marthe, grandie énormément, mais la bonne vieille, qui depuis dix ans avait à peine changé.

« Nous avons, dit-il, l'honneur de voir celles qui sont cause de notre aisance. »

Et comme sa mère et son frère s'étaient empressées d'entourer les deux arrivantes, il raconta qu'après le départ de Marthe et de la vieille dame, il les avait longtemps cherchées, car ni lui ni son frère ne demandaient l'aumône.

En rentrant chez leur mère, comme il ne pouvait se consoler, l'amie chez laquelle il n'avait trouvé personne entra à son tour ; elle apportait de l'ouvrage et un peu d'argent.

On put donc acheter du pain sans toucher à la petite pièce qui avait rendu le coeur si gros à l'aîné.

Il fut même tout à fait consolé dans sa fierté quand sa mère lui dit : « Peut-être qu'à ton tour tu pourras rendre, si tu travailles, des services aux autres sans les offenser. »

Félix Marcel, ayant réfléchi là-dessus, demanda la pièce de dix sous pour en faire l'usage qu'il voudrait, annonça qu'il ne rentrerait que le soir et prit à la main son petit frère, qu'il ne quittait jamais, avec un air de résolution comme s'il eût été à la conquête du monde.

Les deux amies, l'ayant laissé sortir avec un sourire, car c'était un brave enfant en qui on pouvait avoir confiance, s'amusèrent à le suivre de loin.

Félix, tenant toujours son petit frère par la main, alla jusqu'à une marchande d'objets à un sou et lui demanda si elle pouvait lui en vendre pour dix sous, au prix des marchands, – *car il allait entrer dans le commerce !*

La marchande partit d'un interminable éclat de rire ; mais comme c'était justement à cette même place que l'enfant avait tant cherché la dame aux dix sous, elle se douta de quelque projet courageux.

Non seulement elle ajouta aux objets une forte pacotille en disant : « Tu me paieras ceux-ci quand tu auras une recette, » mais elle prit les deux frères sous sa protection, et leur arrangea une toute petite table devant la sienne. Tous trois étaient, le soir, tellement amis, qu'ils ne pouvaient plus se séparer. Ils gagnèrent ce jour-là le triple de leur mise. La bonne marchande n'avait pas d'enfants. Quand l'époque du jour de l'an fut passée, elle les prit pour l'aider dans sa petite boutique, sous prétexte qu'ils lui seraient fort utiles, car Félix n'y aurait pas consenti sans cela.

Le commerce avait prospéré ; en dix ans, la boutique de la mère Hortense était devenue un gros magasin où vivaient les deux veuves et les deux frères.

Tout cela, grâce aux dix sous de Marthe !

Félix en était là de son récit, quand rentra la mère Hortense qui revenait tout à propos de quelques courses.

Je vous laisse à penser, chers enfants, quel accueil on fit à Marthe et à la grand'tante.

Félix exigea que les six cents francs ne lui fussent remis qu'au bout de quatre ans.

À cette époque-là, le père de Marthe ayant fait de meilleures affaires, le magasin des frères Marcel ayant continué à prospérer, tout le monde fut d'avis que pour la fête de la bonne grand'tante on prêtât chacun cent francs à six orphelins dont les uns avaient à soutenir leur mère, les autres leurs petits frères.

La bonne vieille, ce jour-là, pleura de joie, et cette action porta bonheur à tous, car elle vécut longtemps encore et les six commerces prospérèrent.

Le père Remy

C'est encore l'histoire d'un vieux maître d'école de village.

Nous parlons souvent de ces obscurs soldats de la civilisation, dont toute la vie s'écoule ignorée, et dont les jours tombent l'un sur l'autre avec le calme monotone de l'éternité.

Ceux-là font beaucoup pour leur époque qui ont appris à lire à beaucoup, ils feraient plus encore s'ils essayaient de former de petites bibliothèques historiques à l'aide desquelles leur village lirait autre chose que le messager boiteux ou le grand conteur, (car nous en sommes là en plein 19ème siècle.)

Le père Remy était, lui, de ceux qui pensent à tout ; il avait bien un défaut, celui des vieux savants : il aimait les mots pompeux, mais il avait fait tant de choses utiles qu'on le lui pardonnait facilement ; il avait encore parfois un autre défaut commun à tous ceux qui ont énormément travaillé pour parvenir à ce qu'on leur laissât faire le bien, c'est qu'il riait souvent de tout son coeur des travers du genre humain, des siens comme de ceux des autres.

Un hiver que les récoltes avaient été mauvaises, ne s'avisa-t-il pas de faire un atelier pour les mères de famille, afin qu'elles pussent mettre quelques sous au bout de la chétive épargne de l'année ?

Il se garda bien de parler de son projet avant de l'avoir effectué, car il savait bien que dans les campagnes on s'imagine de suite qu'il faut une grosse somme d'argent et quant à l'intelligence on n'y songe pas.

On était au moment où il devait toucher son trimestre d'instituteur ; il en employa une partie à acheter des étoffes chaudes et à bon marché et de la laine à tricoter ; une seconde partie à payer aux plus pauvres femmes du village la façon des bas et des étoffes en vêtements.

Il fit revendre à la ville ces choses confectionnées, le prix en était plus que triple. Avec cet argent il put acheter d'autres étoffes, d'autre laine, payer la façon à un plus grand nombre d'ouvrières. Le tout fut revendu confectionné à la ville comme la première fois.

Au bout d'un mois il avait de quoi monter un atelier nombreux. Des commandes lui arrivèrent ; il les donnait bien entendu à ses ouvrières sans nul bénéfice pour lui. Bientôt on eut de quoi faire venir des maîtresses d'ouvrage de la ville afin de perfectionner les couturières du village et, à l'heure qu'il est, l'atelier du père Remy entretient encore l'abondance dans le village, quoiqu'il soit mort depuis plus de trente ans ; car son fils et sa fille se sont partagé la besogne ; le fils a les classes, la fille a l'atelier, l'asile et la crèche, tous deux s'occupent de la maison des vieillards, car le brave homme a laissé ces quatre fondations.

À l'époque dont nous parlons le père Remy était encore fort, quoiqu'il eût quatre-vingts ans sonnés, et, pour se reposer le soir, il faisait volontiers une petite lecture ou racontait quelque anecdote.

Un soir, il y avait nombreuse compagnie à la veillée du père Remy, toute une noce du village était venue lui souhaiter le bonsoir et lui apporter un bouquet.

Il en profita pour parler d'une de ses nouvelles idées : la fondation d'une crèche et d'un asile dans son village (sans capital bien entendu,) mais avec beaucoup de courage et autant d'intelligence que possible.

Comme on avait déjà eu l'exemple de son atelier qui n'avait rien coûté à personne, que quelques privations pour lui au commencement, les villageois ne devaient point trop s'effrayer d'une nouvelle idée du père Remy.

Et puis, afin de les bien disposer, il commença, en réponse, au compliment qu'on lui avait fait, par improviser avec accompagnement de violon dont le bonhomme jouait avec assez de sentiment, quelques couplets pour la mariée.

Je ne sais trop quel compliment avait été fait au père Remy : le marié avait passé huit jours à l'apprendre, afin de le réciter tout du long sans s'arrêter, tout à fait comme le moulin du village ; et le père Christophe, l'homme le plus lettré de l'endroit, avait été un mois entier à le composer, il savait et mettait en pratique le fameux précepte :

« Vingt fois sur le métier remettez votre ouvrage. »

Seulement n'en sachant pas plus long, il avait toujours ajouté et rarement effacé, de sorte que le compliment avait seize pages.

Les quinze premières servaient d'exorde et la seizième était le discours.

Si on vous débitait, chers enfants, une chose pareille à votre louange, il est probable que vous seriez pris d'un fou rire et je le comprends.

Mais le père Remy ne pensa qu'à la bonne volonté qu'on y avait apportée ; il oublia le burlesque des phrases et les larmes lui vinrent aux yeux en songeant à tout le mal que ces braves gens s'étaient donné.

Ce que voyant, la mariée qui avait fait depuis huit jours répéter le compliment à son fiancé au moins vingt fois à chacune de ses visites, s'avança vivement et dit au père Remy : Moi aussi, monsieur le maître, je sais le compliment aussi bien que Jean Paul ! et là dessus elle le recommença d'un bout à l'autre.

Heureusement Thérèse allait encore plus vite que Jean Paul, elle fut promptement au bout ; mais il fallut néanmoins entendre de nouveau toutes les comparaisons depuis les premiers mots : « Je chante les vertus de vous, Monsieur Remy » jusqu'aux derniers « Pardonnez à ma faible muse ses non pompeux tableaux ! »

On y avait joint un envoi de quatre vers qui devaient courir vite à la postérité, car c'était de vrais mille pieds. Puisqu'on fait des vers de douze syllabes pour les grands sujets, avait dit le père Christophe, ce sera bien plus beau en mettant le double. Les voici tels qu'on les récite encore dans le village :

Recevez, cher Monsieur, avec grand bienveillance un couplet pour vous fait par votre serviteur.

Nous y dépeignerons au complet tous nos voeux et le débordement de notre tendre coeur,

En là lâchant la bride à tous nos sentiments pour monter au Parnasse, ils seront nos pégases

Et là que nous voulons et des fleurs de nos prés et des fleurs de nos voix vous envoyer les gazer.

Nous respectons l'orthographe particulière du père Christophe.

C'est après ces derniers mots que le maître d'école répondit par les couplets suivants, auxquels l'accompagnement de son violon donnait un grand air de fête :

Toutes les fleurs des prés,
Tous les lys des vallées ;
Tous les champs diaprés ;
Et les brises ailées
Font de charmants apprêts ;
C'est fête chez les fleurs, la rose se marie,
L'été rit dans les airs, l'églantine est fleurie.

Pour que ces jours charmants
Soit pour vous l'espérance
Pour que de tous vos chants
Reste la souvenance,
Faites du bien, enfants,
C'est fête chez les fleurs, la rose se marie,
L'été rit dans les airs, l'églantine est fleurie.

Tout le monde pleurait d'attendrissement. On se groupa plus près autour du maître d'école et Rose, enhardie par le succès de son compliment et par les couplets du vieillard, lui demanda un conseil sur ce bien qu'il leur conseillait de faire pour terminer la journée.

Comment peut-on trouver comme ça tout de suite du bien à faire, disait-elle naïvement.

C'était ce que le père Remy attendait.

C'est tout simple, ma fille, dit-il, toi et Jean Paul vous êtes actifs, pleins de bonne volonté, vous allez m'aider à fonder la crèche et l'asile dont je vous parle depuis si longtemps.

Les deux jeunes gens poussèrent un cri de joie et prirent chacun une main du vieillard pour le mieux entendre ; il continua ainsi :

Vous avez au bout du village une construction à moitié démolie et dont la vue gêne ceux qui n'aiment pas les choses délabrées ; vous me la louerez pour que je la restaure moi-même afin d'y installer notre fondation.

Nos enfants ne vous la loueront pas, monsieur le maître, s'écrièrent les parents des mariés qui ne voulaient pas être en reste de générosité. Nous voulons qu'ils la donnent et on y mettra la date d'aujourd'hui.

Alors reprit le maître d'école, on encadrera au-dessus de la porte la couronne de rose et on mettra en grandes lettres dorées : (*Asile et crèche des roses*) ; ce sera un titre souriant pour nos enfants. Moi, de mon côté, je donne la vache dont je ne vois pas trop ce que je fais, puisque je m'en étais passé jusqu'à présent.

Et nous, s'écrièrent une douzaine de laboureurs, nous fournissons la nourriture de la vache.

Nous, père, dirent à leur tour le fils et la fille du père Remy, nous nous chargeons de la direction de la crèche et de l'asile ; nous y employerons deux pauvres veuves que nous connaissons ; elles auront la nourriture, le logement comme nous pourrons, et quant aux appointements ils viendront dans quelques mois.

Presque toutes les couturières de l'atelier se trouvaient là, elles convinrent entre elles de réunir tous les chiffons dont personne ne se servait, d'y ajouter un peu de neuf à l'aide de leur petit gain et de confectionner, en veillant un peu plus tard, des vêtements à ceux des petits enfants dont les parents étaient gênés.

Le maire se trouvait là ; il voulut ajouter sur la caisse communale une petite somme mensuelle, pour aider à l'entretien des enfants.

J'accepte la somme, monsieur le maire, dit le père Remy, mais je ne veux pas vous tromper ; elle servira pour commencer un asile de vieillards.

Si le maire n'avait pas su combien peu il fallait au père Remy pour tout ce qu'il entreprenait, il aurait été épouvanté ; mais il connaissait le courage et l'économie du bon vieillard.

Dans ce cas-là, dit-il, je vous donne, pour vos vieux, la grange dont j'ai hérité avec la maison de ma pauvre mère et l'asile des vieillards sera en son souvenir.

Nous l'appellerons, dit le maître d'école, maison de retraite de la bonne Marguerite.

Cette soirée, en effet, porta bonheur à tous ceux qui concoururent à ces fondations, car l'asile des roses et la maison de vieillards de la bonne Marguerite subsistent encore et beaucoup de bien y est fait.

Dès le lendemain, le père Remy et les plus grands de ses élèves qui pouvaient bien, disaient-ils, maçonner, puisque d'autres le faisaient, se mirent en devoir de restaurer les deux masures pour en faire des habitations logeables.

C'était merveille de voir leur activité, Jean Paul était au premier rang, ce que voyant, de véritables maçons du village se mirent de la partie et comme le père Remy savait un peu d'architecture, il arriva même que les deux constructions faisaient très bon effet.

Comment ferez-vous, père Remy, pour les lits des enfants et des vieux, disait le maire tout en déposant dans la salle deux énormes matelas de laine tout neufs.

Soyez tranquille, dit le père Remy, j'ai un moyen.

Il avait mis de côté une petite somme pour faire acheter de forte toile d'emballage et en faire des hamacs en attendant mieux pour les vieillards, mais de manière à les laisser pour les petits enfants.

Avec le prix des deux matelas du maire, il eut de vieux draps d'occasion et des couvertures ; quant au ménage quelques assiettes de grosse terre blanche et seulement une cuiller par personne le composèrent pendant toute la première année.

Pour nourrir ses vieillards et ajouter, pour les petits enfants, des pâtes au lait de sa vache, le père Remy demanda au maire des terrains incultes appartenant à la commune et dont elle ne faisait rien, ce qui lui fut accordé.

Comme pour la restauration de ses masures, tout le monde se mit de la partie ayant toujours au premier rang Jean Paul et Rose avec les grands élèves.

Les terrains incultes furent défrichés, le produit employé à la nourriture des enfants et des vieillards ; ceux-ci voulurent travailler eux-mêmes à de faciles ouvrages pour la culture ou l'atelier ; il y eut, par ce moyen, non seulement assez d'argent pour faire vivre et augmenter les trois établissements, mais encore pour aider pendant les années difficiles quelques ménages du village et même du canton.

Le père Remy se trouva donc avoir fondé sans capital autre que son courage et son activité un atelier, un asile, une crèche et une maison de vieillards.

Souvent le père Christophe avait fait là-dessus des vers en son honneur et il était allé bien des fois chez l'imprimeur de la ville, afin qu'il l'aidât à trouver un éditeur, mais celui-ci avait toujours refusé de se charger du manuscrit, ce dont le père Christophe se désespérait.

Il se décida à prier le père Remy lui-même de corriger l'ouvrage, ce que celui-ci lui promit pour quand il n'aurait rien de mieux à faire et il mit le manuscrit dans sa poche.

Chaque jour Christophe s'informait si la correction était commencée et toujours le maître d'école lui répondait : j'ai encore quelque chose de plus utile à faire avant.

Le poète finit par s'impatienter et demanda au père Remy s'il aurait éternellement quelque chose de mieux à faire.

C'est bien probable, répondit-il, mais je vous sais un gré infini de l'intention.

Le père Christophe redemanda son oeuvre et ne pouvant la publier la relisait tous les jours.

Se peut-il, disait le pauvre auteur, qu'un aussi brave homme que notre maître d'école soit comme les autres jaloux de mon talent.

Le père Remy essaya de lui expliquer qu'il ne fallait que douze syllabes dans les plus longs vers français et que cela traînait déjà bien assez la pensée.

C'est égal, répondait Christophe, vous ne me persuaderez jamais que trop de beauté soit un défaut.

Un jour, cependant, il avait un peu compris à l'aide d'une gravure représentant une divinité indienne monstrueuse avec quatre superbes bras.

C'est assez de deux pour nos yeux habitués à cette forme, lui dit le père Remy, et je vous répète que notre pensée qui traîne déjà dans douze syllabes doit ramper en vos vingt-quatre.

Le père Christophe réfléchit quelques instants et garda le silence à moitié vaincu.

Mais quand le lendemain le vieux poète recommença sa phrase favorite : c'est égal, on ne me persuadera jamais que !... le maître d'école l'arrêta. N'en parlons plus, dit-il, vous voulez avoir une petite vanité, gardez-la et soyons bons amis.

Le père Christophe réfléchit de nouveau et ne parla plus que rarement de ses écrits.

C'était un brave coeur, mais il appartenait encore à une époque où la vanité passait pour un noble orgueil ; il y a loin cependant de l'une à l'autre.

N'oubliez pas ceci, enfants, soyez fiers pour l'humanité, elle est bien peu encore, mais elle deviendra grande, si ceux qui se sentent de l'intelligence, au lieu de chercher à mettre en étalage leur pauvre petite personne et leur pauvre petit nom, sentent battre dans leur poitrine et frémir dans leur intelligence le coeur et l'esprit de toute une génération.

La famille Pouffard

Madame Pouffard était fort riche, elle portait la toilette la plus coûteuse qu'on puisse imaginer et n'avait rien trouvé de mieux pour en rehausser l'éclat, que d'ajouter un *de* à son nom.

Il ne faisait pas bon oublier, quand on lui écrivait, de mettre Madame *de* Pouffard, *Châtelaine* au château des Hulottes.

Ce *de* et ce mot *châtelaine* la faisaient rougir de plaisir chaque fois qu'on les lui adressait, et de colère chaque fois qu'on osait les oublier.

Quand à Monsieur de Pouffard, plus avisé encore que sa femme, il avait eu l'idée d'acheter des titres de noblesse.

Les habitants des Hulottes devinrent donc Monsieur le marquis et Madame la marquise de Pouffard.

Ils se firent peindre des armoiries par un artiste, qui se moquait d'eux, et achetèrent chez des antiquaires une foule de choses qui composèrent le musée de leurs ancêtres.

Les armoiries portaient un chardon d'azur sur champ de gueules, autrement dit un chardon bleu sur fond rouge. Les supports avaient de si longues oreilles, tout lions qu'ils étaient, qu'on voyait l'âne sous la crinière des fauves.

« Ce sont des lions d'Arcadie, » avait dit en riant le peintre ; et comme Monsieur le marquis de Pouffard voulait le payer généreusement, il s'excusa, en disant qu'il avait été trop heureux de rendre service à un aussi éminent personnage. En vérité, c'est qu'il voulait bien se moquer de lui, mais qu'il ne voulait pas le voler, ce qui en effet eût été fort différent.

Le complaisant peintre s'offrit en outre à peindre partout les armoiries de Monsieur le marquis, ce qu'il fit consciencieusement depuis le dessus de la porte du château jusqu'à celui de la cabane aux lapins.

Monsieur le marquis et Madame la marquise rayonnaient.

Quant aux armures et autres objets de ses ancêtres achetés chez les antiquaires, c'était bien autre chose ; il y avait de tout.

Une longue broche lui avait été vendue pour une épée antique, elle avait, disait-il, appartenu au plus vaillant de ses ancêtres.

Il avait de vieilles croûtes, peintes à l'huile vers la fin du 16e siècle, et qu'il disait être les portraits de ses arrière-grand'mères faits au temps des croisades. Or, à cette époque, Jean de Bruges, qui inventa la peinture à l'huile au 16ème siècle, était loin d'exister.

Mais peu importait à nos personnages, pourvu qu'ils eussent des ancêtres !

Mademoiselle Euphrosine Pouffard mérite une attention toute particulière. C'était une grande niaise, vaniteuse comme un paon, et bête comme une oie.

Elle croyait se rendre fort intéressante en respirant à chaque instant des parfums ou des fleurs, et se chargeait à la fois de tout ce qu'elle possédait de bijoux, si bien qu'elle avait quelquefois trois ou quatre bagues à chaque doigt, on lui avait vu jusqu'à deux paires de boucles d'oreilles, et quant aux colliers, il n'était pas rare de lui en voir tant que son cou en pouvait porter.

Le baudet porteur de reliques, dont parle Lafontaine, ne marchait pas avec plus de majesté que Mademoiselle Euphrosine de Pouffard.

Depuis six mois que la respectable famille habitait le château des Hulottes, personne dans tout le pays n'avait encore été trouvé digne de lui composer une société.

Les habitants du village avaient bien quelques relations avec Jean, le valet de chambre de Monsieur, et avec Mme Brindavoine, la femme de chambre de Madame ; mais les domestiques étaient aussi imbéciles que leurs maîtres, et la curiosité des paysans n'avait pas eu d'autre satisfaction que de savoir ceci – qu'à la grande surprise de Jean, Monsieur n'avait eu rien de changé dans sa personne, le jour où il était devenu marquis !

Pour Mademoiselle Sylvie, la femme de chambre de Mademoiselle, elle était trop délicate pour causer jamais avec les gens du commun.

Le reste de la maison ne s'occupait absolument que de boire, manger et dormir ; ce qu'ils appelaient mener la vie de château.

Il ne manquait plus pour compléter la maison de Pouffard,

qu'une institutrice pour Mademoiselle Euphrosine.

On fit venir de Paris une jeune orpheline qui avait passé d'une manière assez brillante ses examens dans l'année.

Rose André était intelligente, dévouée, fière et ferme ; elle n'eut donc pas de peine à juger chez qui elle était tombée et encore moins à prendre son parti.

Comme elle ne reculait jamais devant les difficultés, quand il y avait du bien à faire, elle résolut d'arracher Euphrosine à l'imbécillité, et peut-être de diminuer celle de ses parents ; bien résolue du reste, en cas de non réussite, à reprendre le chemin de Paris où elle serait plus utile dans l'éducation publique qu'elle ne pouvait l'être là, dans l'éducation particulière.

L'entreprise était hasardeuse. C'était le cas de commencer de suite, afin de ne pas perdre de temps.

Il fallait faire naître ou saisir l'occasion de les désabuser et de les dégoûter par quelque expérience amère de leurs préjugés.

C'est le moyen qu'on emploie pour les petis enfants.

« L'eau mouille, leur dit-on ; le feu brûle ; » et on trempe leur petite main dans l'eau froide, ou on l'approche de la chaleur.

On aurait pu dire à la famille Pouffard : la vanité expose à bien des ridicules.

L'occasion ne se fit pas attendre.

Rose André avait reçu d'une de ses élèves de Paris une lettre charmante.

Elle la laissa traîner à dessein. L'enfant n'avait pas dix ans.

Elle racontait, avec la naïveté de la première jeunesse, mais aussi avec une raison déjà forte, sa vie d'études et sa franche gaieté.

Madame de Pouffard, curieuse à merveille, ramassa la lettre, la lut et demanda à Rose quand elle pensait que sa fille en pourrait écrire autant.

« Je ne sais, Madame, dit-elle, puisque vous m'avez bien recommandé de ne la faire travailler que quand elle le voudrait.

– Et quel âge a votre élève ?

– Dix ans, Madame !

– C'est sans doute, dit Madame de Pouffard, quelque fille de la haute noblesse ?

– Son père est tout simplement serrurier, répondit Rose. »

Madame de Pouffard s'enfuit en fermant la porte avec violence.

Lorsque sa première colère fut calmée, elle appela Euphrosine et lui dit : « Mon cher trésor, tu devrais un peu travailler ; il y a des filles d'ouvriers qui sont plus avancées que toi. »

C'était la première fois qu'elle lui parlait de travail ; Euphrosine regarda sa mère avec étonnement.

« Travailler, dit-elle, est-ce que je n'ai pas une maîtresse pour m'apprendre tout cela ! »

Madame de Pouffard, toute sotte qu'elle était, sentit bien qu'avec un pareil raisonnement sa fille ne ferait pas grands progrès : mais elle crut l'avoir assez moralisée ce jour-là, et elle pensait vaguement qu'à force de tourmenter Rose André celle-ci inventerait quelque moyen pour que la science vint tout de suite.

Euphrosine méritait bien qu'on fit cela pour elle.

Pendant plusieurs jours, la marquise de Pouffard parla des découvertes prodigieuses qu'on avait faites et qu'on faisait encore ; elle confondit la vapeur avec l'électricité : attribua l'imprimerie à Christophe Colomb ; la découverte de l'Amérique à Gutenberg, mais cette éloquence fut perdue, Rose ayant dit froidement que toutes ces choses avaient été trouvées justement par leur probabilité presque incontestable, tandis que d'autres étaient tout d'abord trouvées impossibles par le bon sens.

Madame de Pouffard peu satisfaite, se plongea dans la lecture d'un journal de modes qu'elle aimait beaucoup (*La Feuille des Grâces*).

Monsieur de Pouffard reprit l'examen de ses propriétés, dont il avait fait faire les plans soigneusement coloriés.

Rose reprit un ouvrage d'éducation, auquel elle travaillait, après avoir prévenu Mademoiselle Euphrosine que cet ouvrage l'amuserait peut-être et qu'elle lui en expliquerait les premières pages avec plaisir, lorsqu'elle voudrait travailler.

« Je disais à mes élèves de Paris, continua-t-elle, de manière à être entendue de Madame Pouffard, que l'étude est obligatoire comme l'honnêteté ; c'est pourquoi, grâce à leur bonne volonté, elles s'instruisaient assez rapidement. »

Puis elle ajouta d'un ton plus ferme : « S'il en eût été autrement, je n'aurais pas dû m'occuper d'elles davantage. »

Euphrosine continua d'enfiler des perles de verre, et Madame Pouffard s'embrouilla dans les phrases de la *Feuille des Grâces*, ce qui fut cause qu'ayant lu : on orne les coiffures de quelques *gerbes* folles ! au lieu de *herbes* folles, la châtelaine des Hulottes se fit faire, pour le dimanche suivant, six grosses gerbes artificielles dont elle orna son chapeau.

Cependant elle commençait à se demander quand il conviendrait à Euphrosine de travailler et à s'impatienter beaucoup contre Rose André.

Celle-ci, ayant prévenu son élève, que si dans huit jours elle n'était pas décidée à travailler, il serait de son devoir d'aller retrouver celles à qui son aide serait plus utile, se rendit auprès de Madame de Pouffard et lui dit que cette décision n'était point une menace pour obliger l'enfant à l'étude, mais un parti-pris irrévocable.

Elle termina en conseillant à Madame la marquise de prendre pour Euphrosine une institutrice fort âgée, ayant besoin de repos ; car toutes celles qui aiment la vie active ne pourraient s'accoutumer à une élève dont la principale occupation est d'enfiler des perles.

Madame de Pouffard, suffoquée d'étonnement et de colère, répondit qu'elle allait réfléchir, et, comme à son ordinaire, sortit en fermant la porte avec fracas.

C'était son argument le plus fort.

Le marquis de Pouffard, interrogé, répondit que dans toutes les grandes familles, l'éducation des filles regardait la mère : qu'il n'avait donc pas à s'en occuper.

Et pour se soustraire aux importunités de Madame son épouse, il prit son fusil et s'en alla chasser dans ses terres.

Le marquis de Pouffard visait assez bien ; il aimait à tirer l'oiseau qui vole avide d'espace pour ses ailes : peu lui importait les gémissements du nid.

Bien des gens ne comprennent pas, et ils ont raison, que le plomb serve à autre chose qu'à détruire des animaux malfaisants.

Le marquis de Pouffard avait autre chose à penser. Il commençait à s'ennuyer de la solitude et méditait des fêtes et des chasses qui fissent parler de lui fort longtemps dans tout le pays.

En effet, on ne devait pas l'oublier, car on en rit encore. Le marquis fit donc prendre de nouvelles informations ; et ayant acquis la certitude que lui seul était titré dans la contrée, il résolut de choisir le meilleur de ce fretin et de lancer des invitations dans le grand monde de Paris.

C'était justement l'automne, saison des chasses ; on devait pendant huit jours explorer ses bois, et tous les soirs on s'amuserait au château, où la table devait être servie somptueusement.

On demanda à Rose André le délai de la fête et l'occasion lui parut favorable pour qu'Euphrosine changeât de conduite ou qu'elle l'abandonnât.

Ces choses bien arrêtées, on s'occupa des invitations.

Dans le pays elles furent clairsemées, encore les invites ne purent-ils venir tous, ayant autre chose à faire, et puis quelques erreurs eurent lieu.

Ainsi, sur l'invitation du médecin, comme il n'y avait aucune indication que ce fût le père ou le fils, et que ce dernier venait également d'être reçu docteur ; ce fut lui qui céda à la curiosité de voir les habitants du château.

C'était un jeune homme qui travaillait de toutes ses forces, mais qui riait de même : mauvaise chance pour le marquis et sa famille.

Ce jeune homme se nommait Paul Martin. Devinant bien que l'invitation pouvait bien avoir été adressée à son père, il eut l'idée d'y faire joindre d'autres erreurs semblables.

C'était facile ; le fils du juge de paix, le frère du maître d'école et deux ou trois jeunes gens se trouvèrent ainsi substitués à leurs parents.

Pendant que Paul Martin dirigeait ce complot, les invitations de Paris allaient leur chemin.

On consulta Rose, mais en fait de gens du grand monde elle ne put guère qu'indiquer les noms. Ce fut bien autre chose quand il fut question de composer une société à Mademoiselle Euphrosine.

Bien peu d'enfants étaient titrées parmi celles que connaissait Rose.

Madame de Pouffard qui était fort curieuse, voulut bien faire une exception en faveur de Céline, la petite fille à la lettre, mais les compagnes d'Euphrosine ne se trouvèrent en tout qu'au nombre de quatre ou cinq.

Le grand jour arriva.

La famille de Pouffard n'ayant guère songé que les enfants ne voyagent pas seuls, avait oublié d'arranger les choses en conséquence. Toutes les petites invitées restèrent donc chez elles.

Céline seule ayant été *expressément* demandée par Rose, fut amenée par sa mère et remise entre les mains de l'institutrice. La mère de Céline avait deviné un petit service à rendre et n'avait pas voulu le refuser.

La marquise de Pouffard fut un peu mortifiée de l'absence des petites filles et du départ de la mère de Céline : mais elle pensa n'avoir point commis d'autres bévues. Elle avait eu la chance que sa société à elle, Mesdemoiselles de la Truffardière et Mesdames Piquador de Bêtenville, n'ayant jamais rien à faire, vinrent voir ce que c'était que cette invitation qui leur tombait du château des Hulottes.

On avait appris, le matin, que le médecin avait une fille de onze ans, Noémi Martin ; Rose rédigea donc, au nom de son élève, une jolie petite lettre pour lui expliquer qu'au moment même on venait d'apprendre l'arrivée pour les vacances, de la petite voisine, et qu'on la priait instamment de venir avec Madame Martin.

Puisqu'on invitait Paul et Noémi, il devenait d'autant plus clair que le châtelin des Hulottes organisait des parties de vacances pour quelque fils ou neveu en même temps que pour sa fille.

« Nous allons bien nous amuser et nous rirons joliment, dit le grand rieur de Paul, en prenant par la main sa grosse petite soeur. »

Grand fut le désappointement de Monsieur le marquis, quand Paul et ses amis, munis de leurs invitations, se présentèrent avec Noémi, coiffée de son grand chapeau de paille à couronne de coquelicots et vêtue de sa plus fraîche robe de mousseline.

Madame Martin avait été négligée, comme trop provinciale ainsi que les autres dames du pays, et elles étaient un peu les complices de leurs fils.

Paul et ses amis n'étaient guère des compagnons à offrir à Messieurs Ganachon de Volembois et Pompilius d'Écorchoison ; mais la bévue était commise, il fallait la boire.

Ces messieurs furent invités pour commencer la journée, à passer dans la salle des ancêtres : c'est ainsi qu'on nommait le musée.

Pendant ce temps, Mesdames de la Truffardière et de Bêtenville avaient suivi la marquise au salon où elle leur faisait admirer les incrustations du piano, la dorure des cadres et une foule d'autres belles choses.

D'autres se seraient ennuyées à mourir ; mais Mesdames de la Truffardière et de Bêtenville savaient qu'elles trônaient dans un château, elles n'avaient pas encore eu le temps de s'apercevoir d'autre chose.

Rose André avait emmené au jardin Céline, Noémi et Euphrosine.

Cette dernière, en dépit de sa bêtise, s'amusait presque de la gaieté de ses deux compagnes, car les deux enfants avaient de suite été fort camarades. Elles entraînaient dans la joie franche de la conversation Euphrosine, quoiqu'elle fût toute étourdie d'entendre d'autres discours que ceux de sa mère et de Sylvie.

Cette première heure était le commencement d'un triomphe.

Le dîner arriva, les mets étaient entassés avec une telle profusion qu'il y eut pour quatre heures à les voir défiler et absorber en partie.

Les jeunes gens eurent un peu pitié des maîtres de la maison et causèrent de manière à ce qu'ils crurent eux-mêmes être aimables ; messieurs Ganachon de Volembois et Pompilius d'Écorchoison mangèrent beaucoup.

Mesdames de la Truffardière et de Bêtenville minaudaient en compagnie de la marquise, et jouaient avec des bouquets des champs en récitant de doucereuses pièces de vers sur les fleurs et la beauté.

Lors même qu'elles eussent été belles, leur bêtise les eût défigurées, et, en fait de comparaisons avec les fleurs, il vaut mieux ressembler à quelque chose de moins fragile et de plus intelligent.

Les petites filles, placées près de Rose, faisaient le moins de bruit possible pour ne gêner personne. Quant à Euphrosine, n'ayant point la coutume de s'occuper des autres, elle tenait largement sa place, quoique Rose l'avertit de temps à autre.

Un de ses traits d'esprits les plus marquants, mais qui fit rougir ses parents jusqu'au blanc des yeux, suivant la remarque de M. Ganachon de Volembois, fut celui-ci :

– « Tiens !... papa, je croyais que d'être princesse ça s'achetait comme tu as fait pour devenir marquis ! mais que ça coûtait plus cher ! » Rose sentit qu'il n'y avait qu'à la laisser aller pour faire changer l'opinion de ses parents sur l'éducation.

Un silence assez embarrassé suivit cette sortie. On venait justement de parler des croisades, et M. le marquis avait raconté comme quoi son aïeul, Stanislas de Pouffard, y avait reçu la *croix de Saint-Louis* des mains mêmes de *Charlemagne*, récit qui avait occasionné une vive sensation à tout le monde. Certes, il y avait de quoi !

Monsieur de Pouffard, satisfait de l'effet qu'il produisait, ajoutait comme quoi, son arrière-grand'mère, Hémiltrude de Paillenval, dame d'honneur d'Isabeau de Bavière, avait mérité la confiance et l'estime toute particulière de cette *vertueuse princesse*, lorsqu'elle fut *régente* de son fils *Louis IX*. – Et ce renversement monstrueux d'histoire faisait ouvrir à Céline et à Noémi des yeux immenses, tandis qu'une épouvantable envie de rire tordait toutes les bouches. La souffrance du pauvre marquis, après la sortie de sa fille, réprima l'hilarité générale.

On trouva moyen de changer la conversation.

Mais Mademoiselle Euphrosine n'était pas accoutumée à ce que ses questions restassent sans réponse, elle ne se découragea pas et reprit en criant plus fort :

« Pourquoi que tu ne me réponds pas ? si ça s'achète, je veux que tu me fasses princesse pour ma fête. Dis, papa, tu m'as bien acheté les diamants de ma grand'mère ; tu sais que tu disais : « il faut que ça paraisse monté vieux ! »

Le marquis et sa femme devenaient fous !

Il y avait encore huit jours et c'était le premier !

On eut tout à fait pitié d'eux et quelqu'un trouva moyen d'insinuer, pour faire cesser les importunités d'Euphrosine, qu'on voyait du jardin tous les paysans du village revenir de la foire, ce qui était fort curieux à cause de la variété de marchandises qu'ils ramenaient avec eux.

Rose et les deux petites filles entraînèrent Euphrosine.

Là, on voulut lui faire comprendre que ses parents devaient avoir une raison pour ne pas lui répondre, et qu'il fallait les laisser tranquilles et que, du reste, il était impossible de lui acheter un titre de princesse. Mais nul raisonnement n'eut d'empire sur elle, il fallut changer, par surprise, le cours de ses idées en lui faisant admirer la course folle du grand Mathieu, qui, voulant conduire son porc par une corde attachée à la patte, se trouvait plutôt entraîné lui-même.

Heureusement, pour ses parents, Euphrosine fut distraite.

Quand les jeunes filles rentrèrent au salon, Mesdames de Bêtenville, de Pouffard et de la Truffardière jouaient aux jeux innocents.

Tous les messieurs étaient à la chasse.

Les jeunes gens commençaient à trouver que tout ce qui souffre, même d'une manière ridicule, ne peut plus faire rire. Paul et ses amis ne s'amusaient pas du tout et se promettaient bien de trouver des prétextes, fort polis, pour ne pas revenir le lendemain.

L'un devait être appelé près d'un malade.

L'autre, éprouver une maladie subite.

Un troisième, être obligé, bien à regret, d'entreprendre un voyage.

Il devait en être autrement.

Au salon, lorsque les jeux innocents furent épuisés, que ces dames eurent assez minaudé sur la sellette, assez fait semblant de se tromper pour faire l'enfant, en jouant à pigeon-vole et au corbillon, on parla littérature.

Décidément Madame de Pouffard était en veine, ses invitées étaient aussi des abonnées de la *Feuille des Grâces*.

On loua la manière charmante dont le journal portait son nom.

Rien en effet n'était plus gracieux et plus frais.

Jusqu'à la vignette du titre, laquelle représentait une guirlande de camélias roses ; jusqu'au feuilleton, toujours entouré d'une vignette délicate et qu'il était défendu de signer autrement que du nom d'une des trois grâces, Aglaé, Chloé, Euphrosine.

Euphrosine, nom chéri, si joliment porté par Mademoiselle Pouffard.

Madame de la Truffardière, qui passait pour un esprit profond, insinua bien qu'elle lisait quelquefois aussi le « *Papillon d'Or, l'Oiseau-Mouche, le Nuage,* » et une foule d'autres belles productions. Mais on déclara, à l'unanimité, qu'après avoir bien jugé, c'était la *Feuille des Grâces* qui l'emportait.

L'une de ces dames récita alors de sa voix la plus flûtée la dernière pièce de vers du journal, c'était : « *la Chenille harmonieuse.* »

Comment l'auteur avait-il fait pour rendre une chenille harmonieuse !

C'est ce dont je me garderais bien de m'occuper ; tout ce qu'on a pu savoir, c'est que le premier vers était :

« *Magnifique chenille, écoute mes accents.* »

L'auteur se nommait Hyacinthe d'Hélicon.

Après tout, il lui était bien permis de dédier ses oeuvres aux chenilles tout comme à d'autres, et il ne manquait pas d'admirateurs.

Après la littérature on parla musique : toutes trois s'accordaient à adorer le piano, quant au violon, cela leur donnait des attaques de nerfs ; le violoncelle, il n'en fallait pas parler ; l'orgue leur faisait mal à la tête ; mais le flageolet par exemple, voilà un bel instrument !

Le choix de la musique leur était indifférent pourvu que cela fît du bruit ou des roucoulements ; cependant elles n'aimaient pas les maîtres allemands. Quelques vieux airs de Jadin, qu'elles avaient entendus, leur semblaient préférables à tout Weber, Meyerbeer, etc., elles espéraient que ce joli genre reviendrait. Elles ne comprenaient rien à Wagner, mais elles le détestaient d'instinct, parce qu'il y a toute une création échevelée, rapide, inouïe, jetée à pleines mains dans ses notes, et qu'elles aimaient ce qui est vide.

En peinture, elles se demandaient comment on peut regarder d'autres tableaux que ceux de Boucher et si les belles choses qu'on voit sur les vieux éventails ne valent pas bien les grands vilaines toiles toutes pleines d'ombre qui impressionnent leurs nerfs délicats.

À les entendre raisonner ainsi, il y avait de quoi leur jeter à la tête tous les cadres dorés, et le piano par dessus le marché ; mais cela ne leur aurait pas donné plus de sentiment, et ce n'était pas leur faute si la sotte éducation qu'elles avaient reçue les avaient empêchées de se développer.

Tout à coup Madame de Pouffard s'avisa de faire mettre Rose André au piano ; il allait sans dire qu'il ne fallait jouer que des polkas, des mazurkas, quelques schottichs, une valse qu'elle avait commencée leur faisait, disaient-elles, tourner la tête.

Comme on ne doit pas jeter les gens par la fenêtre, même lorsqu'ils sont de ce genre-là, Rose André continua résolûment son supplice pendant près de deux heures.

Lasse, elle s'avisa de leur jouer ses impressions. Il y avait des cadences ironiques, des roulements gros de colère, des notes frappées tout à coup, comme si l'harmonie indiquée eût voulu briser l'instrument ; des suites d'accords qui étaient des menaces.

Ces dames trouvèrent tout cela ravissant, surtout les cadences et les trilles qui leur riaient au nez.

Madame de la Truffardière demanda si les petites étaient musiciennes.

Céline était déjà assez forte, Noémi, quoique beaucoup moins, pouvait s'en tirer aussi.

Autre désappointement pour Euphrosine que la vanité punissait, en ce moment, de la paresse.

Comprenant qu'elle avait assez souffert pour réfléchir un peu aux conséquences de sa fainéantise, Rose proposa aux enfants de chanter ensemble les rondes qu'elles savaient, pendant qu'elle les accompagnerait au piano.

Cela eût amusé tout le monde.

Elle était loin de supposer qu'Euphrosine ne savait pas même une ronde !

C'était vrai pourtant ; Mademoiselle de Pouffard avait passé sa vie se dorlottant dans sa riche oisiveté, comme un lézard au soleil.

Que savait-elle ? ni travailler, ni jouer, ni penser ! rien !

Le soir était venu ; les chasseurs rentrèrent, ayant plutôt exploré les environs comme sites que poursuivi les pauvres bêtes, au grand regret de Monsieur le marquis de Pouffard, qui tirait bien, et de Messieurs Ganachon de Volembois et Pompilius d'Écorchoison, qui, heureusement, tiraient mal.

Quoique n'ayant pu exercer son adresse, devant ses hôtes, le marquis était radieux.

C'est qu'il avait rencontré dans le grand chemin du bois, un prince, un véritable prince voyageant incognito et l'amenait au château. Le prince avait bien voulu consentir à y passer quelques jours, malgré les nombreuses occupations qui l'appelaient à Paris.

C'était un prince russe, il se nommait Oscar, duc de Sadoga, et, ne devant passer que peu de temps en France, il tenait à remporter complets d'immenses travaux littéraires et scientifiques pour lesquels il devait s'entendre avec quantité d'auteurs et de savants.

Le prince Oscar, duc de Sadoga, était déjà d'un certain âge ; il avait le front chauve, des yeux gris fort intelligents, mais jetant un singulier éclat, au lieu d'y lire la pensée on voyait une lueur qui brillait beaucoup, voilà tout.

Ses manières étaient aisées et polies ; son costume, négligé, comme on pouvait l'attendre de quelqu'un qui voyage pour la première fois sans suite. Ses vêtements étaient irréprochables ; mais la chaussure laissait beaucoup à désirer.

Cela ne laissait pas que d'affliger le marquis qui aimait beaucoup les princes ! mais le moyen d'offrir une paire de bottes à un aussi haut personnage !

Le marquis espéra qu'une bonne inspiration lui viendrait, et en attendant il présenta son hôte à Madame de Pouffard, qui faillit tomber à la renverse.

Paul et ses amis riaient, cette fois, de tout leur coeur : ils ne parlaient plus d'envoyer leurs excuses le lendemain.

Messieurs Ganachon de Volembois et Pompilius d'Écorchoison

rivalisaient de zèle près du prince.

Mesdames de Bêtenville et de la Truffardière grimaçaient leurs plus aimables sourires.

Rose André, Noémi et Céline, trouvaient que le duc Oscar de Sadoga, avait suffisamment l'air d'un prince d'occasion, pour qu'on pût mettre à sa disposition une paire de bottes.

En résumé, le prince était aimable, spirituel, les raisons qu'il donnait de son voyage semblaient possibles, et pour les physionomistes, il ne pouvait être un voleur. Le caractère dominant de son visage étant l'honnêteté.

Paul Martin prétendit que chez *le sujet*, c'est ainsi qu'il appelait irrévérencieusement *le prince*, la manie des voyages avait un fort grand développement ; il remarqua en outre, que son titre de docteur en médecine plaisait médiocrement au duc de Sadoga.

Cependant, toute la maison avait été révolutionnée, le salon avait des tentures ; la cuisine faisait l'effet de deux ou trois fours tant elle contenait de rôtissoires. Tous les domestiques allaient et venaient avec une activité bien plus grande encore que la veille.

Mademoiselle Euphrosine de Pouffard vint, de ses belles mains, présenter au prince une paire de chaussures, les plus belles qu'on eût pu trouver, pour le délasser du voyage, et le marquis vit, avec joie, que son altesse avait daigné accepter ; car il n'avait rien trouvé de mieux que d'envoyer sa fille, à laquelle, pensait-il, on ne pouvait rien refuser.

Mademoiselle de Pouffard, qui comptait bien demander au duc de Sadoga comment on faisait pour devenir prince, était charmante avec lui.

Après le souper, le prince ayant dit qu'il aimait les divertissements champêtres, on fit inviter tout le village à venir se rafraîchir et danser sous les arbres.

Le frère du maître d'école, un peu musicien, envoya chercher son violon et joua avec beaucoup de verve de vieilles danses françaises ; la farandole provençale ; la pastourelle des troubadours ; la danse des gavots montagnards ; la sarabande espagnole.

On allait commencer la bourrée d'Auvergne, contre laquelle Madame la Marquise de Pouffard eût bien crié, si le prince n'eût déclaré qu'il n'aimait que les danses populaires des provinces. Il n'y avait rien à dire contre une opinion aussi haute.

Mesdames de la Truffardière et de Bêtenville, Messieurs Ganachon de Volembois et Pompilius d'Écorchoison dansaient avec rage.

Mademoiselle Euphrosine dansait. Paul et ses amis avaient l'air de danser ; mais c'était pour cacher qu'ils riaient comme des fous.

Le violon du maître d'école était si gai qu'il semblait rire aussi.

Un cri de surprise partit aussitôt de toutes les bouches.

Une troupe de gens armés avait envahi le parc. C'est qu'on avait retrouvé la piste d'un pauvre fou, échappé d'une maison de santé depuis quelques jours, grâce à l'un des vêtements d'un interne qu'il avait eu le talent de se procurer. Cet homme, ordinairement assez calme, malgré sa folie de voyages et son idée d'être prince, était cependant sujet à quelques accès d'une violence extrême.

C'était Son Altesse le duc Oscar de Sadoga, lequel fut réintégré dans sa maison de santé.

Quel coup de théâtre !

Madame de Pouffard en tomba malade subitement ; la société n'eut donc pas le besoin d'excuse pour terminer ce soir-là toutes les fêtes.

Chacun était mécontent, si ce n'est les rieurs. Madame de Pouffard se rétablit ; mais il lui resta longtemps de la tristesse. Monsieur le marquis abandonnait la chasse et le musée de ses ancêtres, et Rose André fut obligée, pour les consoler, de leur dire qu'ils avaient plus gagné que perdu à cette aventure.

Car Mademoiselle Euphrosine, un peu honteuse, fort dépitée et entraînée par l'exemple de Céline, que Rose avait conservée quelques jours, et de la petite Noémi qui venait travailler avec elle : Mademoiselle Euphrosine, disons-nous, avait commencé à s'instruire et elle y réussissait : *car on peut toujours faire bien, et il n'est pas de si laide chenille qui ne devienne un joli papillon.*